Ricardo Lie y Wen Hsu Chen

Historia de un árbol

Frente a mi casa en la calle Potrero había un árbol; el árbol de mi casa. Era enorme, frondoso y viejo; sobre todo viejo. El árbol no era realmente de mi casa; estaba enfrente, como ya dije. Yo me montaba en él, lo regaba los martes; nunca nadie lo reclamó. Por eso y por cariño, decidimos que era nuestro.

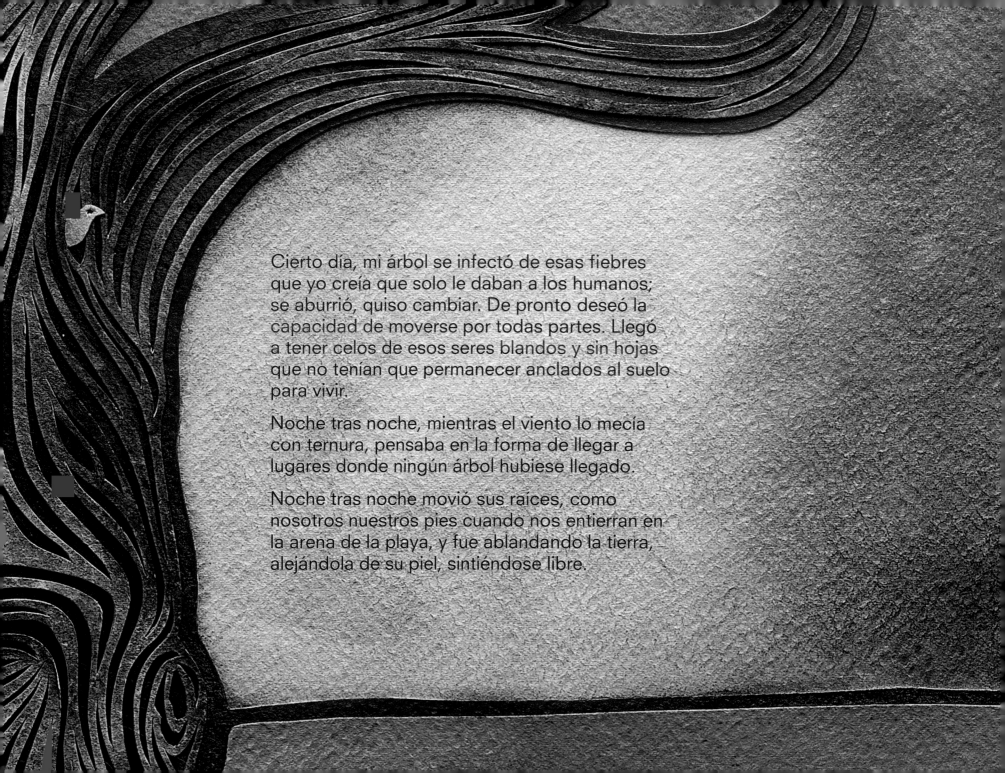

Cierto día, mi árbol se infectó de esas fiebres
que yo creía que solo le daban a los humanos;
se aburrió, quiso cambiar. De pronto deseó la
capacidad de moverse por todas partes. Llegó
a tener celos de esos seres blandos y sin hojas
que no tenían que permanecer anclados al suelo
para vivir.

Noche tras noche, mientras el viento lo mecía
con ternura, pensaba en la forma de llegar a
lugares donde ningún árbol hubiese llegado.

Noche tras noche movió sus raíces, como
nosotros nuestros pies cuando nos entierran en
la arena de la playa, y fue ablandando la tierra,
alejándola de su piel, sintiéndose libre.

Practicó equilibrio por días enteros, y una madrugada solitaria de lunes, una en que ni los perros estaban despiertos, mi árbol sacó sus raíces de la tierra húmeda. Las dos más fuertes, las del centro, las apoyó a un lado del agujero que dejaba y las usó como piernas. Se levantó imponente y tres metros más alto. Las otras raíces quedaron como una falda alrededor de su cintura.

Al día siguiente, nadie en la ciudad le creyó al conductor que insistía en que él no había perdido el control de su auto, sino que el árbol con el que chocó cruzaba la avenida.

Tampoco nos creyeron a nosotros cuando fuimos a la policía a denunciar que un ladrón inescrupuloso había decidido robarnos, pero que en lugar de llevarse el auto o la caja fuerte, había elegido para su fechoría nada más y nada menos que el árbol de mi casa. Y se molestaron mucho y nos sacaron de la jefatura cuando les dijimos que, en realidad, el árbol no era "nuestro-nuestro".

Evitando las zonas pobladas y quedándose paralizado cuando se encontraba a alguien en los campos, el árbol de mi casa se fue alejando, paso a paso con sus piernas nuevas, buscando un lugar donde plantarse en el que nunca antes hubiese estado otro árbol.

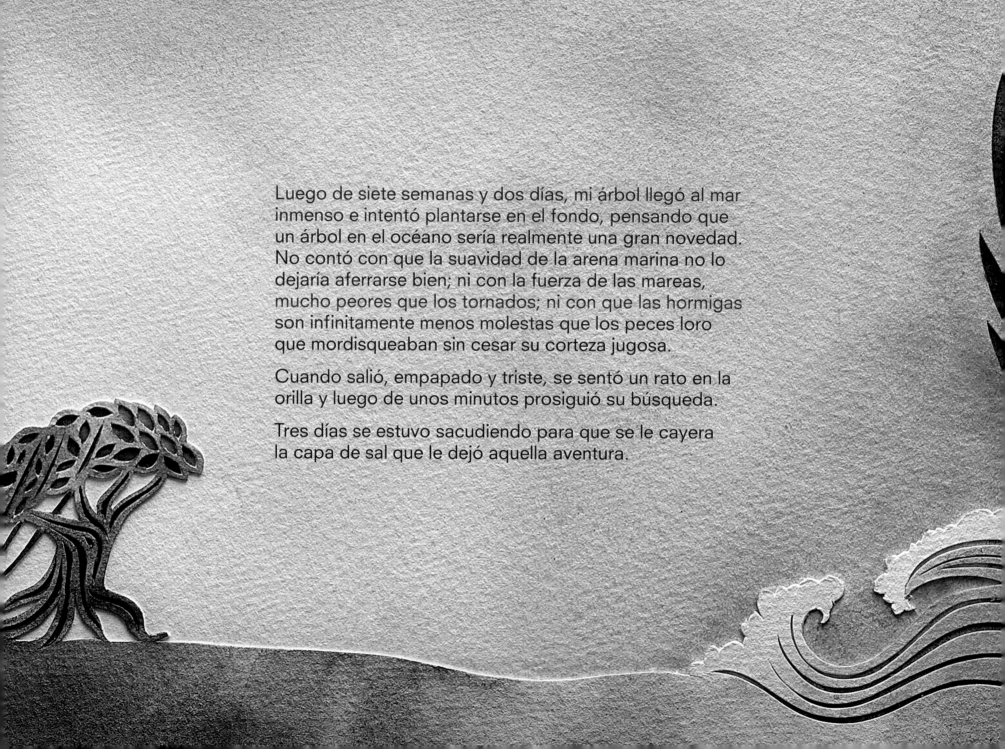

Luego de siete semanas y dos días, mi árbol llegó al mar inmenso e intentó plantarse en el fondo, pensando que un árbol en el océano sería realmente una gran novedad. No contó con que la suavidad de la arena marina no lo dejaría aferrarse bien; ni con la fuerza de las mareas, mucho peores que los tornados; ni con que las hormigas son infinitamente menos molestas que los peces loro que mordisqueaban sin cesar su corteza jugosa.

Cuando salió, empapado y triste, se sentó un rato en la orilla y luego de unos minutos prosiguió su búsqueda.

Tres días se estuvo sacudiendo para que se le cayera la capa de sal que le dejó aquella aventura.

Giró al Este y siguió buscando. Llegó a la cima de las más altas montañas del planeta e intentó trasplantarse allí. Pero la nieve inclemente le quería encarcelar en hielo, la roca irrompible no le dejaba meter sus raíces, y las águilas eran tan grandes y pesadas que, honestamente, tenerlas paradas en sus ramas era muy difícil de soportar.

Por fin el árbol de mi casa, que ya no era de mi casa aunque al principio tampoco lo fue, llegó al desierto. No vio ningún árbol entre las dunas ocres y sintió que aunque el calor era horrible, podría resistirlo y ser el único que creciera allí.

Hundió las raíces-piernas en el suelo hirviente, se meció cada seis horas para sacudir la arena de sus hojas y soportó, soportó y soportó el calor, confiado en permanecer.

El frío de las noches era intenso,
pero sin hielo, por lo que se armó
de paciencia y soportó y soportó
y soportó.

Lo que mi árbol no calculó, fue que esa arena desértica que le permitía fijarse, no tenía nada para alimentarle. Y cuando pensó que mejor era desistir, ya no tenía fuerza para sacar de nuevo las dos grandes raíces-piernas.

Pensando en cómo resolver este dilema, mi árbol se fue secando, incapaz de liberarse. Poco a poco un sueño espeso cayó sobre él, exactamente como caía la arena sobre sus hojas, ya tan ocres como las dunas.

Antes que el sueño lo dominara, a las 4:15 de una tarde de jueves, pidió a su madre –la Naturaleza–, que no lo dejara fracasar así, pero ya no supo siquiera si su oración quedó completa, porque la negrura lo dejó a ciegas y ya no pudo sentir calor o frío, según fuera de día o de noche.

La Tierra dio vueltas alrededor del Sol. Cientos de vueltas, miles y millones de vueltas. Yo me fui de casa, me gradué, me casé, me puse viejo y un amanecer de agosto me fui para siempre. Mis hijos tuvieron hijos y ellos, hijos, y sus hijos, hijos.

El último hijo del hijo del hijo del hijo del hijo, ya de quince años, leyó en el periódico de un viernes, a eso de las 3:00 de la tarde, que habían descubierto el tronco reseco de un gran árbol en pleno desierto. Decía la noticia que aquello era un gran acontecimiento arqueológico y que iban a acondicionar el lugar para que todos pudieran visitar al árbol encontrado donde nunca debió estar.

Construyeron un parque y un lago artificial
muy cerca para que la gente pudiera admirar
el gran descubrimiento sin sufrir los rigores
del desierto.

El día de la inauguración, el lago recién
estrenado humedeció la arena hasta que una
gota de agua llegó a la punta de lo que alguna
vez fue la raíz-pierna del árbol de mi casa.

En medio de la corteza, quedaba una pizca
de vida adormecida por el tiempo que
al ser alcanzada por la gota despertó y
como corriente eléctrica corrió por el árbol,
reanimándolo.

El árbol despertó dos segundos y treinta
y tres décimas, justo lo suficiente para ver
a las personas que lo admiraban y saber
que había alcanzado su sueño: estaba
vivo y era reconocido como el árbol que
estaba en un lugar donde ningún otro
podía. Entonces sonrió, tembló levemente
mientras cerraba por un instante sus ojos y
no volvió a despertar.

Así, el árbol que era de mi casa
se convirtió en el árbol de todas las casas.

Su valiente historia vuela, como hojas,
por todos los rincones de la Tierra
y son los humanos, esos seres blandos y sin hojas,
quienes le admiran.

Ricardo Cie

Escritor, ilustrador y creativo publicitario venezolano. Comunicador Social de la Universidad Católica Andrés Bello (Caracas), ha vivido entre Venezuela y México, adonde llegó por una temporada y se quedó doce años. *Chocolate y merengue*, *Chamoch* (ilustrado por él mismo) e *Historia de un árbol*, son algunos de sus títulos editados por Amanuense.

Ricardo con su hijo Santi

Wen Hsu Chen

Costarricense. Arquitecta de la Universidad de Costa Rica y graduada con honores de BFA en Rhode Island School of Design. Su trabajo como ilustradora embellece publicaciones de Centroamérica y Estados Unidos. Su técnica —que combina acuarela y papel recortado— le ha hecho merecedora de múltiples reconocimientos, entre los que destaca el Grand Prize del NOMA Concours 2008, organizado por ACCU/UNESCO, en Japón. En el 2013 Amanuense recibió la Mención de Honor a la Editorial en la Bienal de Ilustración de Bratislavia, gracias al trabajo de Wen Hsu Chen.

Wen en su estudio de Turrialba

Publicado por: Grupo Amanuense, S.A.
editorial@grupo-amanuense.com
www.grupo-amanuense.com

ISBN: 978-9929-633-33-9

Segunda edición 2016
D.R. Copyright ©2016 Grupo Amanuense, S.A.

Texto: ©Ricardo Cie
Ilustración: ©Wen Hsu Chen
Fotografías de las ilustraciones: Juan Carlos Menéndez

Impreso en China
Printed in China